Bruno Paquelier

Cours, Hana !

oskar
éditeur

Sommaire

PREMIÈRE PARTIE

Chapitre 1
Courir

Hana Hayat court. Depuis le début de sa vie, elle court. Pour fuir la guerre, d'abord. Pour attirer l'attention, désormais. Là-bas, les bombes repoussent les familles loin de la ville. Ici, les hommes repoussent leur volonté de s'installer. Les gens d'ici ne savent pas ce qu'est la guerre. Ils ne savent plus. Pourtant, ils devraient. Hana court dans le vieux Lyon, qui porte fièrement la force de la résistance contre l'ennemi nazi. Dans sa course, elle découvre les noms plaqués sur les murs. Ils n'évoquent rien pour elle, elle ne sait pas qu'ils sont des héros morts pour la France. Elle ignore leurs combats. Elle court. Hana ne sait faire que ça. Les gens d'ici vivent en paix depuis longtemps, maintenant. Ils ont oublié que leur ville a beaucoup saigné. C'est peut-être pour ça qu'ils ne font pas attention à elle, Hana, une jeune fille qui court dans leur ville sans jamais donner l'impression d'être fatiguée.

À Damas, elle courait pour fuir la méchanceté du dictateur. À Lyon, elle court contre l'indifférence. Elle veut qu'on la voie. Qu'on s'arrête sur elle. Que les passants s'intéressent à sa vie à elle. Aujourd'hui, elle a décidé de pousser un ballon pour mieux se faire remarquer. Elle ne court plus dans le vide, elle shoote et gêne les gens obligés de faire attention à elle. Certains maugréent, d'autres se posent des questions. Les moins pressés s'arrêtent pour la regarder jongler. Son idée de jouer au ballon au lieu de courir dans le vide était la bonne : elle n'est plus transparente. Elle est au pire un obstacle, au mieux un sujet d'admiration. Un homme tiré à quatre épingles s'approche d'elle et lui demande :

— Tu t'appelles comment ?

— Hana Hayat.

— Et tu habites où ?

— Dans la rue.

— Mais avant ? demande son interlocuteur, l'air gêné.

— Avant ? Dans les rues de Damas, en Syrie.

L'homme baisse la tête avant de reprendre :

— Et tes parents, ils sont où ?

— Là-bas... répond la jeune fille.

— Là-bas... C'est-à-dire ? insiste l'homme, qui veut en savoir plus.

— Là-bas, répète énigmatique la jeune fille, les mains posées sur les hanches.

Le lendemain, Hana court encore quand l'homme qui l'a accostée hier s'approche d'elle, accompagné d'une jeune femme qui lui dit :

— Je suis Claire Chauvin, mon métier est assistante sociale. Je peux t'aider. Tu veux qu'on parle un moment toutes les deux ?

Chapitre 2
Au foyer Lamennais

Hana est maintenant dans un foyer d'accueil. Elle sait qu'elle a de la chance, que beaucoup de migrants comme elle sont en attente dans des lieux moins agréables avant d'être parfois expulsés du territoire. Hana sait que sa chance, c'est son malheur. Sans parents, sans amis, sans protection, elle est une mineure de treize ans seule au monde. Sa rencontre avec Claire Chauvin a été décisive. La jeune femme a remué ciel et terre pour lui trouver un abri. Aujourd'hui, elle habite au foyer Lamennais avec d'autres enfants cabossés. Un éducateur a dit un jour que chaque résident du foyer avait sa bosse, mais qu'il fallait essayer de l'oublier pour se reconstruire. Il avait ouvert la porte d'un placard désaffecté et avait demandé à chaque enfant d'y déposer symboliquement son malheur :

une maman tuée par un détraqué pour Kévin, des parents maltraitants pour Josée, une guerre dans son pays pour Moussa, une famine pour Akong... À chaque nouvelle arrivée, on ouvrait le placard et l'enfant y déposait son bagage d'infortunes. Hana n'avait pas su trouver le mot qui rassemblait tous les éléments de son parcours. Elle avait donc dit qu'elle laissait dans ce cachot le noir de sa vie, qu'elle conservait le vert, car on lui avait dit de ne jamais désespérer. Lorsque Hana passait devant le placard maudit, elle vérifiait toujours que la porte était bien close, car elle n'aurait pas voulu qu'un malheur déposé par un résident tente de s'échapper.

Sa première soirée à Lamennais, elle ne pouvait pas l'oublier. C'était la première fois depuis longtemps qu'elle couchait dans un vrai lit. Elle n'était plus habituée à la chaleur des draps et des couvertures. Elle mit longtemps avant de s'endormir, se retournant sans cesse, à la recherche d'une bonne position pour ce corps qui s'était habitué à s'allonger sur des sols durs.

Et puis il y avait eux. Eux qu'elle ne reverrait plus jamais. Leur image ne la quittait jamais, surtout la nuit, quand le silence et l'obscurité prenaient toute la place. Elle entendait leur voix, et alors, les larmes envahissaient son visage, mais jamais elle ne laissait échapper un sanglot de peur qu'on ne lui pose encore des questions.

Claire Chauvin avait été gentille avec elle, mais l'homme qui l'accompagnait dans son bureau lui avait fait peur. Il lui avait posé trop de questions personnelles auxquelles elle ne souhaitait pas répondre. Il avait insisté : « D'où viens-tu, exactement ? Pourquoi es-tu seule ? Pas même un ami, une connaissance ? Ils se cachent pas loin d'ici car ils t'ont envoyée en éclaireur et vont réapparaître une fois que tu seras placée ? » Ses questions avaient été de plus en plus précises.

Cet homme, que Claire avait appelé M. Tubert, ne lui inspirait pas confiance. Il lui inventait de toutes pièces une vie qui ne correspondait pas à la sienne. L'assistante sociale lui avait fait un clin d'œil complice pour lui faire comprendre qu'elle était avec elle. L'interrogatoire était visiblement un passage obligé. Elle s'en était tirée avec quelques bribes de réponses et beaucoup de larmes.

Lorsqu'elle finit par s'endormir, Hana rêve. Elle pense aux montagnes de Syrie. Elle se souvient du mont Hermon, qu'elle aurait aimé gravir avec son père qui lui avait lancé ce défi. Ils l'avaient vu de loin, dans une courte période de trêve, avant que les combats ne reprennent de plus belle.

Hana ferme les yeux. Elle revoit cet échassier qui traverse le ciel de Syrie en étirant ses ailes tranquillement. L'oiseau l'a regardée en passant au-dessus d'elle. Cette image ne l'a plus quittée depuis son départ. Hana pense souvent à lui.

Chapitre 3
Un coup trop franc

Hana a intégré la classe de quatrième 2 dans le collège proche de son foyer d'accueil. Cela faisait des mois qu'elle n'allait plus en cours. Les bombes ayant détruit son quartier à Damas, les élèves se retrouvaient dans des locaux de fortune pour poursuivre une scolarité chaotique. Ses parents avaient pris le relais et chaque jour, ils lui apprenaient le français, qu'ils parlaient couramment. Son papa diplomate et sa maman médecin côtoyaient des intellectuels syriens qui connaissaient tous le français. Quand ils étaient entre eux, ils délaissaient l'arabe pour cette langue qu'ils étaient fiers de parler. Eux-mêmes l'avaient apprise à l'école qu'ils avaient fréquentée à Bab Touma, le quartier chrétien de Damas où ils habitaient depuis leur enfance. Hana se souvient d'une soirée mondaine, lorsqu'elle était toute petite, où elle avait eu l'impression de vivre en France, tant ce pays était présent dans les conversations. Aujourd'hui, elle sait pourquoi ses parents ne cessaient de lui apprendre des mots français. Ils avaient compris que tôt ou tard, la guerre les chasserait et que le pays des Lumières, comme disait toujours son père, deviendrait une destination logique pour sa famille. Hana était bien réfugiée en France aujourd'hui, mais eux...

Le collège Pablo Picasso, coincé entre deux barres d'immeubles, est distant d'un kilomètre et demi de Lamennais. Malgré le poids de son cartable sur le dos, Hana court. Ce matin, elle pousse un ballon rouge trouvé au foyer durant toute la durée du trajet. Elle jongle sur le trottoir. Le ballon passe d'un pied à l'autre ; puis elle le fait rebondir sur sa tête. Une fois... trois fois... six fois... Un passant l'applaudit, alors elle recommence mais elle a oublié qu'elle est sur la voie publique. Un concert de klaxons accompagne son dernier jongle. Un automobiliste lui fait un bras d'honneur. Elle lui répond en faisant semblant de viser le véhicule avec son ballon. Hana n'a pas peur. Quand on a vécu dans un pays en guerre depuis le début de sa vie, quand on a parcouru des milliers de kilomètres seule au monde, on ne se laisse pas perturber par des automobilistes irascibles.

Sa première récréation à Picasso, Hana ne l'oubliera pas de sitôt. Deux équipes s'affrontent sur le petit terrain de football en macadam dans la cour. Le ballon, envoyé en touche par un maladroit, échoue à ses pieds. Hana n'hésite pas une seconde : elle entre sur le terrain balle au pied puis dribble un à un les joueurs qui se présentent devant elle. Le dernier tente de l'arrêter brutalement en tendant sa jambe, mais elle saute par-dessus l'obstacle et récupère la balle qu'elle frappe violemment dans le but gardé par un garçon qui ne s'attendait pas à un tir aussi précis.

— Elle vient d'où, celle-là ? dit un élève interloqué.

— De Lamennais, répond une voix moqueuse.

— Encore une cassos ! C'est quand même pas une meuf qui va nous apprendre à jouer !

Hana ne quitte pas le terrain. Alors que le jeu reprend, elle fonce sur le porteur du ballon. Elle le lui chipe et reprend son numéro de dribble pour aller marquer dans le but adverse.

— Eh, faut choisir ton camp, dit un élève ironique. Tu as commencé avec une équipe, maintenant tu en changes, tu veux que je t'apprenne les règles ?

Les autres pouffent de rire.

— C'est une fille. Faut reconnaître qu'elle joue pas mal, mais elle peut pas être à la fois bonne au foot et avoir un cerveau. Chez les filles, c'est l'un ou c'est l'autre, dit Mohamed.

Excédée, Hana tacle sévèrement Allou, un garçon dont le cri de douleur attire l'attention de toute la cour de récréation. Un surveillant suivi du principal accourt auprès du blessé.

Hana croise le regard noir de M. Biton, le chef d'établissement.

Elle se met à courir du plus vite qu'elle peut, escalade le portail du collège et s'enfuit sans se retourner. « Cours, Hana !, cours. » Cette phrase lui revient soudainement à l'esprit, comme si elle était encore à Damas.

Chapitre 4
Seule dans la rue

Courir jusqu'à en perdre haleine, Hana en a pris l'habitude depuis toute petite. Son corps de treize ans est déjà celui d'une athlète prête à réaliser des exploits. À l'image de ces champions éthiopiens qui faisaient des kilomètres pour se rendre à l'école, Hana a passé les treize premières années de sa vie à courir. La peur au ventre. Des tourments plein la tête. Elle court pour fuir son passé, mais celui-ci finit toujours par la rattraper. Elle sait déjà qu'elle va passer une nouvelle nuit dehors. Sans les bombes. Mais avec la peur du lendemain. Elle ne se sent pas acceptée à Pablo-Picasso. Où aller ?

Elle s'engouffre dans une station de métro et s'affale sur un siège pour reprendre son souffle après un sprint effréné pour monter dans la rame. Une personne âgée l'interpelle :

— Tu avais peur de manquer le métro ? C'est pour ça que tu es fatiguée. À ton âge, faire un cent mètres, c'est un exploit, ironise la dame, sûre d'elle.

Hana ne répond pas. Elle ne va pas lui dire que depuis toute petite, elle avale les kilomètres en courant. À quoi bon ? Et puis, elle n'a pas à se justifier. Elle tourne la tête de l'autre côté. Elle entend la femme maugréer :

— Malpolie. Les jeunes aujourd'hui...

Hana regarde le défilement des stations. À Bellecour, elle quitte son siège et se dirige vers l'escalier de sortie de la station. Elle découvre une immense place. Un tel espace ouvert en pleine ville la ravit. On ne viendra pas la chercher ici. Hana s'assoit sur un banc. Elle regarde les pigeons qui picorent le sol. Elle fouille la poche de son blouson et y trouve des miettes d'un biscuit qu'elle propose à l'un d'eux. Ce dernier, pas farouche, vient manger dans sa main. Les autres pigeons veulent leur part, mais Hana n'a plus rien à leur proposer. Elle les regarde s'envoler et aussitôt l'image récurrente, avant de s'endormir, de l'échassier dans le ciel syrien s'impose à elle.

Hana ferme les yeux et le temps s'arrête quelques secondes.

Hana voit une statue équestre se dresser de l'autre côté de la place. Elle s'en approche et découvre qu'il s'agit de Louis XIV. Elle connaît ce roi dont son père, admiratif, lui avait dit maintes fois qu'il avait protégé les artistes toute sa vie. Plus loin, elle découvre *le Petit Prince* et son auteur. Les larmes coulent sur ses joues. Hana ne peut retenir l'émotion qui la submerge en voyant ce personnage, dont sa maman lui lisait l'histoire le soir, avant qu'elle s'endorme. Les mots de Saint-Exupéry sortent de sa bouche, comme ils sortaient de ceux de sa mère il y a quelques années. Elle est surprise de voir qu'elle connaît des phrases entières que sa mémoire lui révèle soudain à la vue du monument. Ses larmes sèchent, mais les mots continuent de danser dans sa tête.

Jusqu'à la tombée de la nuit, elle ne quitte pas le monument. Elle lit dans leur regard l'étonnement des passants qui voient une jeune fille seule à cette heure tardive. Lorsqu'il fait noir, Hana s'endort avec une pluie d'étoiles scintillantes dans son cœur comme celles du Petit Prince qui ornaient les pages de son livre.

Soudain, elle se réveille en sursaut. Une main s'est posée sur elle et une voix lui demande :

— Tu fais quoi sur ce banc toute seule ?

Hana prend peur. Sans regarder son interlocuteur, elle quitte subitement sa place et s'enfuit. Sa course l'entraîne vers des artères commerçantes où elle peut se fondre dans l'anonymat des passants encore nombreux, malgré l'heure tardive. Elle cherche refuge dans des rues transversales. Elle s'enfonce dans un quartier sombre et trébuche sur un obstacle qui la fait tomber. Elle se retrouve allongée sur le sol face à face avec un homme inquiétant, la barbe hirsute, le visage dévasté, qui la regarde de ses yeux effrayants.

Chapitre 5
Une belle rencontre

Hana voudrait partir, mais son corps n'obéit plus à son cerveau. Là-bas, elle réagissait immédiatement lorsqu'un danger se présentait. Mais ici, elle est paralysée.

— N'aie pas peur, petite, dit l'homme d'une voix apaisante qui tranche avec l'aspect répugnant du personnage. Je ne te ferai rien. Tu es poursuivie par la police ? Tu as fait une bêtise ? Ne parle pas, je m'en fiche. Si quelqu'un te veut du mal et qu'il passe dans cette rue, je te cacherai sous mon manteau. Mais en général, il ne vient pas grand monde ici. On leur fait peur, nous, les SDF.

Hana n'avait même pas vu que d'autres corps jonchaient le sol quelques mètres plus loin.

— On appelle cette rue la rue des Clodos. On nous fiche la paix. Allez, viens te réchauffer, tu n'es pas trop habillée. Tu as faim ? Attends...

L'homme sort un sandwich frais d'un sac posé sous sa tête.

— On me l'a donné tout à l'heure. Il est bon. Vas-y, mange-le.

— Mais vous...

— Pas d'histoire, mange-le, je te dis.

Hana ne se fait pas prier. Elle avale en quelques bouchées le sandwich au jambon puis se saisit de la bouteille qu'on lui tend sans se soucier de la nature de son contenu.

— Pas trop vite, c'est du vin rouge.

Hana recrache le liquide, mais le rire de son généreux donateur la convainc qu'il s'agit bien d'eau.

— T'as encore faim ? Tiens, j'ai une pomme un peu fripée, mais c'est du bio, pas un de ces fruits qui viennent du bout du monde... Entre nous, toi, tu viens d'où ? Moins loin que ces fruits dont je te parle mais t'habites pas à Lyon... Quelle banlieue ?

— En Syrie. La banlieue de la guerre...

L'homme se redresse et se met à la dévisager :

— Tu viens de Syrie ? T'es une migrante ?

— Oui, c'est ça. Je viens d'aussi loin que les fruits dont vous me parliez, mais j'espère bien ne pas me faire croquer ici.

— C'est pour ça que tu es en fuite. On veut te faire retourner là-bas ?

— C'est un peu plus compliqué...

— Gérard, je m'appelle Gérard, et toi ?

— Hana, avec un h.

— Hana !

Les yeux du SDF se mettent à briller mais il n'explique pas pourquoi.

— Écoute, Hana. Tu peux avoir confiance en moi. Tout me dire. Je ne suis pas un SDF comme tu les imagines peut-être. Je n'ai pas de chien, tu vois, j'essaie de faire ma toilette tous les jours, j'ai ma dignité. Bien sûr, je ne me rase plus parce que c'est plus simple, et mon visage ne doit pas te rassurer. Mais je ne te ferai aucun mal.

Hana n'est pas effrayée à l'idée de passer la nuit à la belle étoile. Elle est coutumière du fait. Gérard a prononcé des mots apaisants. Elle a appris depuis longtemps à ne pas juger les gens sur leur apparence. La vie lui a même enseigné que c'étaient souvent les personnes le mieux habillées qui lui causaient le plus de problèmes.

C'est pour ça qu'elle n'aime pas entrer dans des lieux où s'entassent des papiers administratifs.

Hana est bien décidée à passer la nuit ici. Son geste brutal pendant la partie de football et le regard noir du principal l'ont incitée à fuir. Elle craint qu'on prenne prétexte de cet incident pour l'expulser du territoire. Claire Chauvin lui a expliqué la précarité de sa situation en dépit des propos rassurants qu'elle avait ajoutés ensuite. Elle aurait dû se retenir, ne pas répondre aux provocations des garçons. Mais c'est plus fort qu'elle... Elle ne supporte pas qu'on la traite mal sous prétexte qu'elle est une fille.

Hana ne trouve pas le sommeil. Elle entend Gérard qui change régulièrement de position. Lui non plus ne dort pas.

— Ne crains rien, Hana. Tu peux t'assoupir, moi je ne dors que d'un œil. Si un danger apparaît, je réagis aussitôt. Mais on est tranquilles ici, rassure-toi.

— Pourquoi t'es dans la rue ? demande brusquement Hana.

— Ah ça, c'est une longue histoire.

— Raconte. Moi je t'ai bien dit la mienne.

— À peine, rétorque Gérard. Allez, je te raconte

mon histoire puis tu enchaînes avec la tienne ?

— OK, dit Hana.

— Il y a trois ans encore, je roulais avec une grosse voiture, j'étais habillé avec des costumes trois-pièces, je rencontrais des gens importants. J'avais une entreprise qui fonctionnait bien, une femme... Enfin, tu vois, une belle vie. Et puis en quelques mois, tout s'est écroulé comme un château de cartes. Comme si la vie m'avait déclaré la guerre. Comme si une bombe était tombée et avait détruit mon univers. J'ai tout perdu... Mon entreprise a fait faillite, ma femme est partie, je n'avais plus rien. On m'a tout pris parce que je devais de l'argent à des créanciers... Je vivais dans le nord de la France. J'avais tellement honte que je suis parti et me suis retrouvé ici... Aujourd'hui, je suis un réfugié qui a trouvé un abri dans cette rue.

— Un réfugié ? s'étonne Hana. Mais tu ne risques pas l'expulsion. Tu veux que je te dise ce que c'est que la guerre ? dit la jeune fille quelque peu agacée par l'insistance de Gérard à employer ce mot.

Alors, Hana commence à dérouler le fil des treize ans qu'elle vient de vivre. C'est la première fois qu'elle le fait sans contrainte. Mais au bout de quelques secondes, la lumière d'une torche éclaire son visage d'enfant.

— Une môme, dit une voix. Montre-moi la photo de celle qu'on recherche.

— Redresse-toi, ordonne une autre voix peu commode. Montre-nous ton minois.

Gérard essaie de s'interposer mais il reçoit un coup de pied qui le rabat lourdement sur le sol.

Hana quitte rapidement les lieux, encadrée par deux policiers qui la serrent de près.

Chapitre 6
Retour à Lamennais

Hana termine la nuit au foyer Lamennais, où les policiers l'ont ramenée. Les éducateurs ne lui ont fait aucun reproche. Au contraire, ils l'ont rassurée : Allou, l'élève qu'elle avait blessé, allait beaucoup mieux, et M. Biton passerait l'éponge à condition qu'elle présente ses excuses à la victime. Hana est étonnée de l'indulgence des adultes à son égard. Mais la conversation qu'elle surprend entre les éducateurs, quelques heures plus tard, lui fait prendre conscience qu'elle n'en a pas terminé avec les problèmes. Elle saisit les mots « commission », « expulsion », « tribunal administratif », qui l'inquiètent fortement.

Prenant son courage à deux mains, elle fait irruption dans le bureau des éducateurs :

— On veut m'envoyer où ? Je vous ai entendus...

Hana éclate en sanglots devant Cécile et Rémi, désemparés par la réaction de la collégienne.

— Attends, Hana, dit Cécile, qui se veut rassurante sans être convaincante.

— Attendre quoi ? fulmine Hana. Attendre, je ne fais que ça depuis que je suis née. Attendre que les bombes arrêtent de pleuvoir. Attendre la fin des combats. Attendre un bateau, un passeur, un foyer. J'en ai marre d'attendre. Je ne veux plus l'entendre, ce verbe que je conjugue à tous les temps depuis toujours. Je ne veux plus le conjuguer au futur. Le premier prof qui me le demande, je...

Cécile prend Hana dans ses bras, le temps que la crise passe. Lorsque les sanglots s'apaisent, elle l'installe sur un fauteuil et lui dit :

— D'accord, Hana. On va tout te dire avec Rémi. Ne rien te cacher. On va te considérer comme une adulte. D'accord ?

Hana ne répond pas. Elle ne pleure pas souvent. La vie l'a endurcie, mais elle voudrait pouvoir s'installer quelque part. Créer des liens et se fixer. Les mots qu'elle a interceptés ne vont pas dans ce sens. Cécile reprend la parole avec sa voix douce. Elle parle lentement.

— Voilà ce que l'on sait, aujourd'hui. Mais les choses peuvent évoluer très vite. Ta situation administrative est précaire. Comme tu es arrivée en France seule et que tu es mineure, on pourrait penser que la loi te protège. Mais c'est plus compliqué. Dans notre pays, de nombreuses personnes voient d'un mauvais œil l'arrivée de migrants. Elles disent que les Français en difficulté sont moins aidés que les étrangers, que de faux migrants se font passer pour des réfugiés afin de pénétrer sur le territoire national. Alors, les règles sont devenues plus dures, les contrôles plus poussés.

Cécile s'arrête, comme si elle était dans l'incapacité de raconter la suite.

— Ton cas va être examiné par la préfecture, poursuit Rémi. Des enfants comme toi sont arrivés seuls sur le territoire français. En réalité, une fois qu'ils ont obtenu des papiers en règle, on voit surgir leurs parents, qui demandent à leur tour une régularisation. Cette situation ne plaît pas à l'administration qui, en voulant sauver des mineurs isolés, se retrouve avec des familles entières en demande de papiers. D'autant plus qu'une partie de l'opinion publique réclame l'expulsion des migrants pour les raisons que t'a expliquées Cécile.

Cette dernière prend le relais de son collègue :

— Tu comprends ? Certains doutent de ta bonne foi et s'imaginent que tes parents sont cachés quelque part. Ils pensent qu'ils réapparaîtront au grand jour dès que ta situation sera régularisée. Il faudrait qu'on réussisse à prouver que tu es bien orpheline... On arriverait à te garder. On te cherche un bon avocat. Si tu avais un document qui puisse servir de preuve...

Hana attend quelques secondes avant de répondre :

— Les preuves, elles sont dans ma tête. J'ai toutes les images là, dit-elle en posant son index sur son front.

Chapitre 7
Une visite décisive

Hana a présenté ses excuses à Allou, dont la blessure s'est résumée à un petit hématome. Plus personne ne lui en veut à Picasso, car son talent a vite éclipsé son malheureux coup de pied. Les élèves l'appellent même Hanabappé à cause de la vitesse à laquelle elle exécute ses gestes sur le terrain. Les garçons souhaitent tous l'enrôler dans leur équipe, car ils savent que sa seule présence est une promesse de victoire.

Un jour, Julien la prévient sur le terrain de jeu qu'un homme la regarde derrière les grilles du portail du collège. Il prend des notes sur un calepin et n'a d'yeux que pour elle.

Hana prend peur. Cette fois-ci, elle n'échappera pas à l'expulsion. « Cours, Hana !, cours. » Mais elle décide de rester là. Elle ne veut plus de cette vie nomade que la guerre lui a infligée. Elle sait qu'on la soutient à Lamennais, elle s'en remet à ses éducateurs.

Lorsqu'elle rentre au foyer après les cours, elle reconnaît l'homme qui l'espionnait pendant la récréation. Cécile vient immédiatement la rassurer.

— Ne crains rien, Hana, ce monsieur ne te veut pas de mal. Au contraire. Viens, on va parler avec lui, dit Cécile.

L'homme, un quadragénaire athlétique, la salue à son entrée dans le bureau des éducateurs.

— Bonjour, Hana. Je m'appelle Bernard Lecomble. Je suis recruteur pour l'Olympique Lyonnais. J'ai entendu parler de toi et je suis venu te voir jouer ce matin pendant la récréation à Pablo-Picasso. Tu vas vite, je comprends pourquoi tes camarades t'appellent Hanabappé ! Je ne suis même pas sûr qu'à ton âge, notre champion du monde allait aussi vite que toi. Voilà l'objet de ma visite : je souhaiterais que tu viennes faire un essai mercredi après-midi dans l'équipe féminine des U15 de l'Olympique Lyonnais. Tu t'entraîneras avec des filles qui savent jouer. Mieux que les garçons de ton collège...

— J'ai expliqué ta situation à M. Lecomble, Hana. On ne lui a rien caché. Acceptes-tu sa proposition ? demande l'éducatrice. Le football féminin est en plein développement, c'est une chance pour toi.

— Et l'Olympique Lyonnais est champion d'Europe, renchérit le recruteur. Nos joueuses sont les meilleures du monde depuis plusieurs années. Toutes les jeunes footballeuses veulent intégrer notre club. Si ton essai est concluant, tu bénéficieras d'une formation qui te fera progresser très rapidement. Ta vitesse est exceptionnelle, mais tu as beaucoup à apprendre dans le jeu. Là, tu seras sur de vrais terrains... Tu vois, je suis honnête avec toi. Je ne te promets pas la lune... Je t'offre simplement une chance. Dis-moi, chez toi, tu jouais sur des terrains en herbe ?

L'esprit d'Hana la ramène à Damas. L'évocation des terrains en herbe la fait sourire. Elle se revoit shootant avec son ami Talal contre la façade de l'église Maryamiyya avant qu'un chrétien ne les chasse vertement. Ils avaient six ans. C'était commode d'envoyer un ballon contre un mur qui le leur renvoyait systématiquement. Ils ignoraient encore qu'un bâtiment sacré ne pouvait pas servir de terrain de jeu.

Talal était musulman, elle chrétienne, ils auraient tout aussi bien pu shooter contre une mosquée dans leur candeur enfantine.

Une autre image vient à l'esprit d'Hana : celui du premier vrai terrain de football sur lequel elle avait évolué. La partie ouest du quartier Mahallat al-Nasârâ chrétien avait été bombardée depuis un bon moment et, lorsqu'elle s'y était rendue en compagnie de Talal, ils avaient découvert un terrain vague, débarrassé des gravats, encadré par quatre immeubles décharnés. C'est Talal qui avait eu l'idée en premier. Le lendemain, ils avaient rameuté tous leurs camarades et ils avaient disputé une partie de football interminable. Chrétiens et musulmans étaient mélangés dans les deux équipes, nul n'aurait songé à constituer des groupes communautaires. Hana pense à ces jours heureux. Elle était née dans la guerre mais aussi dans la fraternité.

Monsieur Lecomble attendait toujours sa réponse.

— Des terrains en dur, monsieur. C'est pour ça que je tombe rarement, j'ai appris à tenir sur mes jambes pour ne pas me blesser.

Chapitre 8
Un essai concluant

Deux jours plus tard, Hana se prépare dans le vestiaire des filles de l'Olympique Lyonnais. On lui a prêté des chaussures, un short et un maillot à l'effigie du club. C'est la première fois qu'elle court avec des crampons. À Damas, elle avait appris à rester debout lorsqu'elle jouait pour ne pas écorcher ses genoux sur le sol caillouteux qui tenait lieu de pelouse. Ses pieds caressent le gazon parfait qu'elle n'ose pas fouler, comme si elle redoutait de l'abîmer.

— On dirait que tu marches sur des œufs, lui dit une partenaire, amusée.

Comment lui expliquer ? Hana a été présentée rapidement mais elle a compris que chaque semaine, les filles voient arriver des nouvelles qui font des essais. C'est pour cette raison sans doute que sa présence ne semble pas bouleverser le quotidien des autres footballeuses.

Pendant deux heures, les gestes techniques s'enchaînent. Contrôles du ballon dans des situations variées, conduite de balle, reprises de volées en mouvement, Hana montre ses limites techniques très rapidement. Sur le terrain, elle s'énerve car elle sent bien la supériorité de ses partenaires habituées à ce type d'exercices.

L'entraînement se termine par un match. On lui avait demandé d'occuper le flanc droit du terrain, mais l'attirance du ballon est plus forte que l'aspect tactique déjà bien assimilé par ses camarades. Hana court dans tous les sens. Elle se saisit du ballon qu'elle pousse devant elle, prend de vitesse toutes ses adversaires qui ne peuvent pas la suivre, mais elle a déjà franchi la ligne de touche sans s'en rendre compte. Hana court pendant tout le match, les deux heures d'entraînement intensif ne l'ont pas fatiguée.

Elle échange peu avec les filles dans le vestiaire.

—Tu cours trooop vite ! dit l'une d'entre elles avec admiration.

— Et toi, tu joues drôlement bien. J'aimerais bien aller moins vite et avoir un peu plus de technique. De toute façon, c'est fichu. Ils me prendront pas.

Avant même que son interlocutrice ait eu le temps de répondre, une voix masculine appelle Hana :

— Hana, tu viens dans mon bureau, dès que tu es prête, pour un débriefing ?

Quelques instants plus tard, Hana est face à Lecomble et les deux entraîneurs qui ont encadré les filles cette après-midi.

— Tu vas vite, Hana. Très vite. On n'a jamais vu une fille aussi rapide à ton âge. Et surtout, tu es endurante. Tes qualités physiques sont exceptionnelles. On a fait une séance dure aujourd'hui, pendant une heure trente, avant de terminer par un match, et tu ne paraissais pas fatiguée. Tu t'entraînes combien de fois par semaine ?

Hana est stupéfaite :

— Tous les jours, à la récréation du collège.

— OK, mais en dehors du collège, tu fais du sport…dans ton pays…?

L'homme parle avec précaution de peur de froisser la jeune fille. Il craint d'employer un mot qui pourrait la blesser.

Chapitre 9

La guerre comme un jeu

Le soir, dans son lit au foyer, Hana regarde défiler les images de ses parties de football à Damas.

Elle se souvient que, âgée de cinq ans, elle avait pris un obus pour un ballon. C'est au moment où elle s'apprêtait à shooter dedans qu'un adulte lui avait accroché le bras pour l'empêcher de commettre l'irréparable. C'était la première fois qu'elle voyait ce projectile de guerre. Son sauveur l'avait d'abord sermonnée avant de lui expliquer que l'obus pouvait exploser à tout moment. Hana avait alors pris conscience que ses parents ne lui disaient pas la vérité sur son pays. Cet homme lui avait parlé de la guerre qui sévissait, du dictateur qui voulait du mal à son peuple. Un discours bien différent de celui qu'elle entendait chez elle.

Dans son lit, Hana sourit en revoyant papa lui raconter une fable invraisemblable sur la guerre qui ravageait son pays pour ne pas l'effrayer. Ils vivaient dans un spectacle permanent avec des bons, dont ils faisaient partie, et des méchants qui poursuivaient les bons dans la rue pour les attraper. Parfois, les bons étaient capturés et, pour montrer qu'ils n'avaient plus le droit de jouer, ils devaient s'allonger sur le sol sans bouger. Les méchants cassaient des maisons, car elles étaient vieilles et devaient être reconstruites. La nuit, on offrait un feu d'artifice très sonore à tous les participants pour les remercier. Mais papa n'avait jamais accepté qu'on aille le regarder dehors, même pas depuis leur fenêtre, car il disait que les lumières étaient tellement fortes qu'elles risquaient d'abîmer leurs yeux. Il s'agissait selon lui d'un problème de réglage. Il avait alerté le chef du feu d'artifice, et ce dernier avait promis de faire un effort. Mais plus le temps passait, plus les rayons lumineux transperçaient fortement les interstices des volets de leur habitation.

Quand les avions faisaient peur à Hana, papa disait que c'était pour détruire plus rapidement les immeubles anciens qui allaient être remplacés par des neufs plus modernes. Les machines qui faisaient d'habitude ce genre de travail n'étaient pas assez rapides. Un bâtiment du XIIIème siècle, dont papa parlait tout le temps, car il appartenait à l'histoire de notre pays, disait-il toujours, avait ainsi été rasé en une nuit. Papa avait justifié cette destruction en disant qu'il fallait vivre avec son temps, mais, pour la première fois, Hana avait senti qu'il avait moins apprécié le spectacle que d'habitude.

C'était donc l'obus confondu avec le ballon qui lui avait ouvert les yeux. Hana avait cinq ans et, brusquement, c'était comme si elle en avait dix. Elle n'était plus dupe du feu d'artifice permanent évoqué par papa. Mais elle n'avait rien dit. Elle ne maîtrisait pas tout mais elle avait compris que c'était la guerre et qu'à la guerre, il était rare que les méchants deviennent gentils la nuit. Elle n'avait plus jamais confondu un obus avec un ballon. Et, lorsque papa ordonnait de fuir sinon ils seraient obligés de rester allongés sur le sol toute la journée, Hana filait à toute allure sans jamais se retourner. S'il y avait une chose qu'elle avait bien comprise, c'était que les gens couchés ne se relevaient jamais.

Hana revoit le spectacle supposé décrit par

son père avec ses yeux de petite fille. Elle entend papa qui lui crie : « Cours, Hana !, cours, il y a un trésor à découvrir. » À la maison, papa avait toujours quelque chose à lui offrir qui faisait office de cadeau. Mais aujourd'hui, elle comprend que le plus beau trésor que papa et maman pouvaient lui donner, c'était leur sourire et la joie d'être en vie tous les trois ensemble.

Alors que ses paupières tombent, Hana revoit l'échassier traverser le ciel de Damas en déployant lentement ses ailes. Elle ne le quitte pas des yeux, jusqu'au moment où il n'est plus qu'une image évanescente dans le ciel.

Chapitre 10
Talal

C'est Claire Chauvin, l'assistante sociale, qui est venue à Lamennais pour annoncer la bonne nouvelle à Hana :

— Tu es engagée par l'Olympique Lyonnais, Hana. Je l'ai su par M. Lecomble, qui nous a encore demandé des renseignements sur toi. Il voulait connaître ton histoire personnelle.

— Qu'est-ce que ça va changer ? Je vais toujours aller à Picasso ?

— Bien sûr, Hana. Et tu vas rester au foyer. Simplement, on va te transporter trois fois par semaine pour que tu t'entraînes.

— Pas besoin, dit Hana. Je peux y aller en courant avec mon sac sur le dos. Courir, je fais que ça depuis que je suis née.

Claire sourit tout en faisant un geste de connivence à Cécile demeurée silencieuse.

— J'ai cru comprendre que c'est ta résistance physique exceptionnelle qui a séduit M. Lecomble. Il m'a dit que tu avais tout à apprendre au niveau football mais qu'il était optimiste. « Elle est encore très jeune, sa marge de progression est énorme », m'a-t-il confié.

Hana réfléchit. Son hésitation rendrait perplexe n'importe quelle autre jeune footballeuse. Il s'agit quand même de l'Olympique Lyonnais, le club qui offre la meilleure formation et ouvre des perspectives uniques aux meilleures joueuses avec son équipe première plusieurs fois championne d'Europe... Là où les candidates rêvent avec des étoiles plein les yeux, Hana doute. Elle aime taper dans un ballon, elle aime défier les garçons surtout sur un terrain, mais de là à s'entraîner régulièrement, elle ne pense pas être prête à ça. Elle ne rêve pas de devenir une championne depuis toute petite comme les filles avec lesquelles elle s'est entraînée. Sa vie est si différente de la leur...

— Il faut que je réfléchisse, Claire... Je ne sais pas si j'ai envie d'être joueuse de football.

Cécile l'interrompt :

— Hana, tu sais que ta situation personnelle reste fragile. On fait tout ce que l'on peut pour te garder avec nous, Claire aussi. Mais il faut nous aider. Mettre toutes les chances de ton côté. Et le football est une de tes chances. Ta chance, même. M. Lecomble nous a dit que des sportifs de haut niveau obtenaient plus facilement des papiers parce que, une fois naturalisés français, ils pouvaient représenter leur nouveau pays. Les années vont passer rapidement, Hana. Si tu progresses vite, les autorités administratives examineront ton dossier d'un œil plus conciliant. M. Lecomble m'a donné des exemples...

Hana réfléchit. Elle regarde le journal télévisé avec ses camarades du foyer. Brusquement, il est question des réfugiés de son pays accueillis en Allemagne par milliers. Elle écoute la chancelière allemande défendre le droit d'asile avec vigueur. Hana est familière maintenant de ce vocabulaire qu'elle entend depuis qu'elle est arrivée en France. Elle voit ses compatriotes assis dans un gymnase, ravitaillés en vivres après un périple long de milliers de kilomètres qui lui rappelle le sien. Hana observe ces visages sur lesquels la caméra se fixe. Elle a la gorge nouée et n'entend pas ses camarades du foyer qui l'interrogent sur son peuple en exil. Les chiffres de population déplacée lui font froid dans le dos. Elle revoit Damas en ruine, le quartier chrétien, le sien, vidé de sa population. Son corps est en France mais son cœur est en Syrie. On lui demande de changer de drapeau alors que quelques migrants agitent le leur, le sien, au milieu de la foule rassemblée dans le gymnase.

À la suite de ce reportage, la présentatrice évoque le cas d'autres réfugiés moins chanceux sur un navire en perdition au milieu de la Méditerranée. Le cœur d'Hana se serre. Ces images ravivent des plaies non cicatrisées. Elle a du mal à regarder l'écran puis, au contraire, son regard se fige et ne peut plus le quitter. Elle est comme sidérée. Ces hommes et ces femmes, c'est elle. Ces jeunes filles et ces jeunes garçons, c'est elle. Ces vies embarquées pour un avenir supposé meilleur, c'est son histoire. Hana ne se rend même pas compte qu'elle ouvre ses bras et étreint son peuple en le voyant souffrir. Kevin, son voisin, lui demande pourquoi elle fait ce geste. Mais elle ne répond pas. Elle est ailleurs.

Brusquement, elle reconnaît un visage. Elle hurle comme si elle se trouvait elle-même en danger. Elle panique, se tord de douleur, les larmes n'arrêtent pas de couler.

— Qu'est-ce qui se passe, Hana ? demande Cécile arrivée en hâte.

— J'sais pas, dit Kevin, elle a ouvert ses bras puis elle s'est mise à crier.

Hana rentre dans une colère noire. Elle insulte son camarade qui ne comprend rien, se contorsionne sur le canapé et s'agite dans tous les sens. Il ne faut pas moins de trois éducateurs pour arriver à la maîtriser. Un seul mot sort de sa bouche :

— Talal !

Chapitre 11

Retour vers Gérard

Hana ne tient plus en place. Elle a parcouru des milliers de kilomètres avant de se poser. La sérénité a pris le dessus sur l'inquiétude à Lamennais, mais la vue de Talal en danger l'a bouleversée. Comme elle ne trouve pas le sommeil, elle décide de s'enfuir. Le foyer n'est pas une prison, a-t-elle souvent entendu dire. La facilité avec laquelle on peut en sortir renforce cette réalité. Il est vrai que la quiétude qui y règne contraste avec l'univers personnel des enfants souvent empreint de violence. Ils n'ont donc aucune raison de quitter un lieu qui leur offre ce dont on les prive chez eux.

Hana se glisse dans la nuit comme un animal prudent qui se sent traqué. Puis, insensiblement, elle se met à courir autant par un mouvement naturel chez elle que par le désir de ne pas être interceptée par une patrouille de police. Elle n'a pas de but précis. Courir est une façon pour elle d'évacuer ses soucis, d'exprimer sa liberté. Son instinct la dirige vers la rue des Clodos. Lorsqu'elle retrouve les lieux, elle cherche Gérard tapi dans un coin, protégé par une couverture. Il la reconnaît immédiatement :

— Tu es encore poursuivie par la police ? Viens vite, ma petite.

Hana ne se fait pas prier.

— Je me suis évadée, dit-elle ironiquement avant de reprendre un air sérieux. J'ai vu mon ami Talal à la télévision sur un bateau de migrants. Cette image est ancrée dans ma tête. Avec toutes les autres qui me rappellent de mauvais souvenirs...

Gérard se rapproche et lui glisse à l'oreille :

— En grandissant, tu verras, les mauvais souvenirs s'en iront. Il te restera que les bons.

— Oui mais pour l'instant, c'est les mauvais qui sont dans ma tête, réplique Hana. Talal, c'est mon ami et en le voyant comme ça, sur le navire, j'ai pensé qu'il était en train de vivre ce que j'ai vécu...

— Très bien, alors, reprend Gérard. Ça veut

dire qu'il sera bientôt en sécurité. Chez nous. Tu vas le retrouver.

Cette perspective fait écarquiller les yeux d'Hana. Elle se sent bien avec Gérard. C'est alors que ce dernier se met à lui raconter l'histoire de sa famille.

— Tu te souviens, Hana, quand je t'avais dit que j'étais moi aussi un réfugié. Tu n'avais pas apprécié. En réalité, je parlais à travers moi de ma famille qui vient de loin. Presque d'aussi loin que toi. Elle vient d'Arménie, où elle a fui le génocide au début du vingtième siècle. Les Turcs massacraient mon peuple qui n'a pas eu le choix : c'était soit la mort, soit l'exil. Ma famille a traversé toute l'Europe en contournant la mer Noire. Elle était tellement traumatisée par ce qu'elle a vu qu'elle ne voulait pas s'arrêter pour se fixer comme ont pu le faire d'autres. Quand elle est arrivée sur la côte atlantique, elle y a bien été obligée pourtant. Elle s'est donc installée en France. Elle a entendu parler de compatriotes qui habitaient dans le nord du pays, c'est comme ça qu'elle a commencé une nouvelle vie. Et aujourd'hui, j'ai repris la route, mais pour d'autres raisons que tu connais déjà, Hana. Et le voyage a été moins éprouvant pour venir jusqu'à Lyon, dit en souriant Gérard. Et toi, Hana, raconte-moi ton voyage qui t'a amenée jusqu'à nous.

Au moment où Hana se sent prête à revivre le film de sa vie, des policiers l'extirpent violemment de dessous la couverture.

— Cette fois, tu ne t'échapperas plus, on va te mettre à l'ombre pour un moment !

DEUXIÈME PARTIE

Chapitre 1
Retour en Syrie

Hana Hayat est désormais un nom connu dans le milieu du football féminin. À dix-sept ans, l'adolescente, qui a intégré le centre de formation lyonnais, évolue régulièrement avec l'équipe première, dans laquelle elle fait des apparitions en cours de match. L'entraîneur lui explique qu'il ne veut pas la « griller », qu'elle doit apprendre encore, c'est la raison pour laquelle elle n'est pas titulaire en dépit de ses évidentes qualités. Celles-ci font d'elle le meilleur espoir du club. Hana étudie au lycée Paul-Fort et vit désormais chez Mme et M. Guillemaut, sa famille d'accueil, qui compte aussi deux enfants de onze et treize ans, Léo et Sandra. Du haut de son mètre soixante-quinze, Hana n'a rien perdu de ses qualités physiques, que sa croissance aujourd'hui achevée a au contraire bonifiées. La musculation et les entraînements ont construit son corps d'athlète, qui va encore plus vite et a gagné en explosivité. Le niveau technique qu'elle affiche grâce au travail acharné qu'elle a produit aux entraînements n'a plus rien à envier aux meilleures footballeuses rencontrées à ses débuts.

Un jour, elle est convoquée par son entraîneur Alain Troitaud, qui a une information à lui communiquer :

— J'ai eu un contact téléphonique avec Corinne Diacre, Hana. Tu sais de qui il s'agit ?

— Non, monsieur, je ne la connais pas.

Alain grimace avant d'arborer un sourire radieux.

— C'est la sélectionneuse de l'équipe de France, Hana ! Elle m'a demandé des renseignements sur toi. Tu te rends compte, tu n'es pas encore titulaire en équipe première et on s'intéresse déjà à toi ! Tu n'es pas la première dans ce cas, mais je peux te dire que ça n'arrive pas tous les jours non plus.

Hana ne réagit pas, ce qui a le don d'énerver son entraîneur.

— Hana, réfléchis. Si tu es sélectionnée en équipe de France, ça signifie que tu deviens française. Ton problème administratif est réglé. Tu veux que je te dresse la liste des joueurs qui sont déjà passés par ce chemin ? Je te la donnerai demain.

Hana opine du chef pour ne pas décevoir Alain Troitaud puis elle s'éclipse rapidement.

Toute la journée, ses paroles résonnent dans sa tête. Hana sait qu'on sélectionne souvent une joueuse née à l'étranger pour qu'elle soit ensuite obligée de jouer pour la France. Les règlements interdisent de porter deux maillots nationaux différents. Hana ne veut pas être instrumentalisée. Elle a encore tout à prouver et, si on songe à la sélectionner, c'est pour l'empêcher de jouer sous les couleurs de son pays de naissance plus tard. Un coup classique que font toutes les fédérations. Bien sûr, la situation politique syrienne est si compliquée qu'elle ne peut pas porter le maillot d'un pays gouverné par un dictateur qui martyrise son peuple. Mais le souvenir de ses années de jeunesse, sa famille... Accepter une sélection pour la France lui apparaîtrait comme une forme de trahison vis-à-vis de ses parents.

Hana se souvient du 17 avril, jour de fête nationale en Syrie, parce que les troupes françaises se sont retirées définitivement ce jour-là en 1946. Son père lui avait souvent dit que, si elle n'avait qu'une seule date à retenir, c'était celle-ci. Et il ajoutait immédiatement que ce n'était pas une revanche contre la France, bien au contraire, mais une forme de reconnaissance pour ce pays qui se retirait progressivement. La Syrie devait vivre seule, mais la France avait laissé un héritage culturel à sa famille qu'il ne fallait pas oublier. Un métissage incarné par le poète Adonis, qui avait célébré la langue arabe dans ses textes et traduit Baudelaire. L'arrière-grand-père d'Hana l'avait connu adolescent, lorsqu'il s'appelait encore Ali Ahmed Esber, avant de prendre un pseudonyme. Ce poète qu'Hana n'avait jamais rencontré était comme un personnage sacré pour son père, qui citait souvent ses vers en arabe avant de les traduire en français, quand il ne faisait pas l'inverse.

Les images de sa jeunesse envahissent l'esprit d'Hana, qui est maintenant au souk de Damas. Sa mère achète un foulard de soie chatoyante d'Alep, des fruits secs et du savon de la même ville. On trouve toutes les spécialités du pays dans ce souk qui regorge de trésors. Hana prend une inspiration : les odeurs remontent à sa mémoire et, lorsqu'elle ferme les yeux, les sons et les images viennent compléter un décor qu'elle semble n'avoir jamais quitté.

Hana est bien intégrée à son pays d'accueil mais elle ne peut oublier sa famille. Elle dira non à la sélection en équipe de France.

Chapitre 2

Une belle rencontre amoureuse

Hana est confortablement installée dans le Groupama Stadium. On lui a proposé de suivre la rencontre entre Lyon et le Paris Saint-Germain dans une loge, mais elle a demandé à être au plus près du terrain pour sentir l'atmosphère du match. Depuis une semaine, les médias multiplient les reportages sur les deux équipes. Hana mesure la différence qui existe encore entre le football masculin et le sien. Elle sait que dans quelques années, la donne va changer. Son sport progresse, quelques filles sont déjà des vedettes connues du grand public. Mais aujourd'hui, c'est encore le football masculin qui est à l'honneur. Elle voit quelques Lyonnais à l'entraînement et, depuis quelque temps, son regard croise souvent celui d'Oumar

Cissé. Il a dix-huit ans et, comme elle, a récemment intégré l'équipe première. Il n'est pas titulaire, mais les observateurs s'accordent pour dire qu'il dispose d'un bon potentiel. Il est assis sur le banc, sous l'abri réservé aux remplaçants. Hana l'a vu s'installer, il a même fait un petit signe en sa direction à son arrivée, mais elle n'est pas sûre qu'il lui était destiné personnellement. Peut-être s'adressait-il à l'un de ses voisins.

Durant toute la rencontre, le jeune homme n'a de cesse de se retourner, semblant plus intéressé par Hana que par le match. Lorsqu'on vient le chercher à un quart d'heure de la fin du temps réglementaire pour l'échauffement, prélude à une entrée en jeu, il se retourne une dernière fois. Il joue les dix dernières minutes, mais son équipe échoue contre le champion de France.

Deux jours plus tard, Hana aperçoit Oumar derrière les grillages, qui la regarde s'entraîner. Elle multiplie les appels de balle et fait admirer sa pointe de vitesse. Oumar s'enthousiasme. Il l'applaudit chaleureusement à renfort de bravos. Il l'attend à sa sortie des vestiaires. Hana n'hésite pas, elle fonce droit vers lui :

— Trop forte, t'es vraiment trop forte ! commence-t-il par lui dire.

— Le plus fort, c'est toi. Tu as participé au

sommet du championnat. T'es dans le groupe professionnel...

Puis les deux jeunes footballeurs se regardent, gênés :

— Tu veux pas qu'on aille prendre un verre ensemble ? propose Oumar. J'ai mon permis depuis un mois, si tu veux, je te ramène chez toi juste après.

Dans la salle du bistrot discret choisi par Oumar, Hana se livre sans retenue. Elle conte son histoire au jeune homme, qui tombe des nues lorsqu'il prend connaissance des souffrances endurées par son interlocutrice. Oumar, au bord des larmes, lui prend les mains et les serre fort dans les siennes.

Avant de déposer Hana devant le domicile de sa famille d'accueil, Oumar stoppe son véhicule sur le côté de la route. Puis il l'enlace et l'embrasse délicatement.

Chapitre 3
Une belle rencontre professionnelle

Hana Hayat est un nom qui commence à intéresser les médias. Ils considèrent la joueuse comme un des trois meilleurs espoirs féminins en France mais elle est de loin la plus jeune, les deux autres ayant respectivement trois et quatre ans de plus qu'elle. Lorsque son nom est cité, il est immédiatement associé à la rapidité. Les images de l'antilope, du guépard, de l'avion viennent naturellement sous la plume des journalistes en mal d'inspiration. France Football, une fois n'est pas coutume, a choisi le foot féminin pour faire sa une. Le sourire d'Hana irradie la couverture, sur laquelle on peut lire : « Une fille pressée. » L'interview révèle la maturité de la jeune fille, consciente des étapes qu'elle doit encore franchir pour arriver au sommet.

Lorsque la question de ses origines est posée, Hana répond brièvement sans rien cacher de son passé mais elle refuse d'entrer dans les détails. Elle dit qu'elle doit tout à ses parents morts au pays mais n'évoque pas son départ précipité de Syrie. Lorsqu'arrive la question de l'équipe de France, Hana répond qu'elle en est encore loin, qu'elle n'a jamais pensé à cette hypothèse, car tant de filles lui sont supérieures pour l'instant. Devant l'insistance du journaliste, qui a eu connaissance d'un contact avec Corinne Diacre, Hana, mise dans l'embarras, dit qu'elle ne veut plus qu'on parle de ça avec elle. « Cette question du choix de la sélection relève de l'intime », réplique-t-elle, conformément à ce que lui ont soufflé ses parents adoptifs, prévenants à son égard.

Les agents tournent autour d'Hana depuis longtemps, mais c'est Oumar qui la convainc d'en prendre un pour l'aider dans sa carrière :

— Moi, lui dit-il, je ne regrette pas. Mon agent est un ancien joueur professionnel qui s'appelle Alain Mercadier. Il gère tout ce que je n'aime pas faire. Tu vois, pour ton interview, il t'aurait accompagnée. Il t'aurait soufflé toutes les réponses aux questions qu'on allait te poser. C'est ce que font tous les joueurs. Les agents anticipent tout, comme ça, tu n'es pas prise au dépourvu.

Hana décide de franchir le pas et, en accord avec sa famille d'accueil, elle se dote du même agent qu'Oumar. Alain Mercadier lui explique que sa carrière ne fait que commencer, que son club est l'objet d'offres importantes la concernant. Elle l'ignorait et elle a l'impression qu'il en sait plus qu'elle sur son propre cas. Oumar l'a déjà initiée aux arcanes du métier, mais son agent, qui suit de nombreux joueurs, lui explique les enjeux à venir. Il lui dit surtout que, au moindre souci, elle peut l'appeler. Hana se sent en confiance, alors, elle lui parle brièvement de son passé mais à sa grande surprise, elle s'aperçoit que là encore, il est très bien renseigné.

— Je connais ton parcours, Hana, parce que je te suis, tout comme d'autres agents, depuis un bon moment. Mais si ça peut te rassurer, j'ignore aussi beaucoup de choses même si je pense connaître l'essentiel. Dès qu'une joueuse ou un joueur nous intéresse, on prend des renseignements sur son environnement, sa scolarité, c'est important pour son développement futur. Tant de joueurs ont échoué parce qu'ils évoluaient dans un environnement inadapté. En ce qui te concerne, je ne suis pas du tout inquiet. Je connais tes fêlures, mais je sais que tu es forte. Tu vas transformer en énergie positive les aléas de ta vie. C'est déjà ce que tu fais en ce moment. Quand je vois la rage qui est la tienne sur le terrain, je ne me fais pas trop de souci pour toi. Il faut maintenant terminer ta formation et te préparer à entrer dans le monde professionnel. Je vais t'aider pour ça, tout comme je vais donner un coup de main à Oumar. Vous êtes deux pépites en devenir.

Chapitre 4
Un cri pour deux vies

C'est à Oumar qu'Hana se confie le plus :

— Tu vas choisir quel pays, la France ou le Sénégal ? demande Hana à son ami.

— Je ne sais pas encore. Mes deux pays sont des nations qui comptent dans le football. Le Sénégal a fourni de grands joueurs comme Diouf, qui est un peu notre Zidane à nous. On m'en a tellement parlé ! Et puis l'équipe a battu la France de Zidane, justement, à la Coupe du monde de 2002. Tout le monde s'en souvient là-bas, même ceux qui n'étaient pas nés ! Si je choisis le Sénégal, j'ai plus de chances d'être sélectionné, car même si le pays est riche de talents, il y en a quand même moins qu'en France. Il y a une telle concurrence ici.

— Mais ton cœur, il est où ? Ici ou là-bas ? insiste Hana.

Oumar prend un temps avant de répondre :

— J'ai un ventricule à Dakar et l'autre à Lyon. Je ne peux pas choisir, Hana. Ma peau est noire, mes origines sont africaines mais dans le même temps, j'ai été élevé en France, où je suis arrivé à l'âge de deux ans avec mes parents. C'est compliqué de choisir. Et toi ?

Hana regarde le sol. Elle s'attendait évidemment à ce qu'Oumar lui retourne sa question.

— Je suis comme toi, partagée entre deux pays. D'un point de vue moral, en revanche, mon pays étant encore en guerre avec un dictateur qui nous a chassés, je ne veux surtout pas le représenter en portant le maillot national. Mais mes parents…

Oumar serre Hana dans ses bras pour l'inciter à poursuivre.

« Tu comprends, mon père adorait la France, qu'il considérait comme sa seconde patrie, c'est pour ça d'ailleurs que je suis venue ici. Mais il m'a toujours dit que son pays, c'était celui de ses ancêtres. La Syrie.

Les deux jeunes sportifs ne parlent plus, chacun revit son histoire personnelle et la compare à celle de l'autre.

— Nous sommes les victimes de choses qui nous dépassent, reprend Hana. Mais pour toi, c'est plus simple. Tes parents sont arrivés en France de leur propre gré. Ils ont vu dans le pays qui avait colonisé le leur une espèce d'eldorado. Ta vie serait meilleure ici, comme la leur, c'est pour cette raison qu'ils l'ont choisi. Tu es comme ces milliers d'Africains francophones venus chercher un avenir qu'ils avaient du mal à imaginer chez eux.

— Sans doute Hana, poursuit Oumar. Et sportivement, quel que soit le choix que je ferai, je jouerai dans une bonne équipe nationale si un jour on me sélectionne. Tandis que toi, ton pays n'a jamais brillé au football. Si tu choisis la Syrie, ce sera vraiment le choix du cœur, pas du tout pour espérer gagner des titres.

Hana ferme les yeux. Oumar comprend le dilemme insoluble qui taraude son esprit. Le silence revient.

Hana est à Damas. Il y a bien longtemps qu'elle ne croit plus aux fables de son père destinées à lui cacher que son pays était en guerre... Cette nuit-là, les avions tournent au-dessus du quartier chrétien. Une bombe explose sur son immeuble. Tous les occupants rescapés se sauvent comme ils le peuvent. Hana voit le corps enflammé d'un homme qui a sauté du dernier étage. Sa famille, qui habite au premier, descend rapidement pour gagner la rue. La panique a envahi la population qui court dans tous les sens, car les bombes cernent le secteur, et aucune issue ne permet de se mettre à l'abri. Hana ralentit sa course et attend ses parents, beaucoup moins vifs qu'elle. Son père ne cesse de lui crier : « Cours, Hana !, cours », mais elle ne veut pas les abandonner. Une nouvelle bombe éclate entre ses parents et elle, produisant un nuage de fumée opaque, effrayant. Hana court à perdre haleine. Elle ne sait pas où elle va, elle court. Elle ne se rend même pas compte qu'elle tourne en rond, qu'elle revient sur ses pas. Elle se retrouve face à son immeuble dévasté. Des cadavres jonchent le sol. Elle reconnaît Habib et sa femme Shama, un couple de voisins. Elle pleure. Elle crie. Elle hurle. Puis, le nuage de fumée se dissipant, elle part à la recherche de ses parents. Étreinte par la douleur, elle titube. Elle avance du plus vite qu'elle peut mais elle ne court plus vraiment. Elle progresse sur un rythme saccadé, fait d'accélérations soudaines puis de ralentissements dus à la douleur indicible qui ne la quitte pas. Hana trébuche sur une pierre, évite la chute. Elle va retrouver ses parents bientôt. Ils l'attendent. Elle sait qu'ils sont dans le secteur. Les bombardements ont cessé. Elle avance toujours, voit deux nouveaux cadavres devant elle. Un échassier s'est posé juste à côté. Hana doit passer près d'eux pour continuer sa course. Elle jette un regard furtif en passant, identifie la veste... Elle hurle. Son cri déchire le quartier en ruine indifférent à sa détresse.

Chapitre 5

Une traversée périlleuse

Après deux jours terrée dans la cale d'un navire, Hana sait qu'elle doit partir. Depuis le début de la journée, des candidats au départ affluent sur un petit cargo en très mauvais état. Elle s'approche et comprend très vite que ses compatriotes veulent rejoindre Chypre. Des hommes solides préparent le bateau, qui n'inspire pas confiance. Pourtant, Hana n'hésite pas. Elle court avec son sac en bandoulière dans lequel elle a glissé une bourse qu'elle a récupérée sur le corps de son père. Il contient beaucoup d'argent. Il avait tout prévu : au moment du bombardement, il n'avait eu qu'à attraper le butin soigneusement caché dans l'appartement avant de fuir. Hana comprend que son père avait anticipé une telle épreuve. Elle sait, à treize ans, qu'elle n'a plus le choix. La guerre la tuera elle aussi si elle ne quitte pas son pays. Alors, sans demander leur avis aux familles déjà embarquées, elle s'installe sur le pont et se fait toute petite. Un homme veut la chasser, mais celle qui semble être sa femme intervient pour qu'elle reste. Brusquement, le cargo s'ébranle, aidé par des volontaires qui sont descendus dans l'eau pour aider le moteur poussif à se lancer. Ils mettent la force de leurs bras au service d'un rêve de vie meilleure. Hana, encore terrassée par la douleur, regarde le quai s'éloigner, les yeux rougis. Les gémissements et les pleurs se mêlent aux ronflements inégaux du moteur. L'embarcation est trop chargée, le risque de chavirer sous l'effet d'une vague est omniprésent, mais celui de périr sous les bombes était plus grand encore. Ils sont une cinquantaine sur ce navire qui ont jugé moins risqué de braver les dangers de la traversée plutôt que de rester au pays.

La première nuit, Hana n'a pas pu fermer l'œil. Le mal de mer la fait vomir. Cent fois, elle a cru en finir avec la vie. Brusquement, elle se rend compte que l'enfant qui était à quelques mètres d'elle a disparu. Ainsi que sa mère, à laquelle il s'agrippait sans relâche. Elle les cherche du regard, en vain. Le sommeil l'a donc bien gagnée un moment. Le jour revenu, Hana comprend que l'eau s'est révélée aussi cruelle pour la mère et son enfant que le feu des armes pour les siens. Mais les larmes ne coulent plus. Hana se trouve dans un état second, elle pense que son tour de mourir va bientôt arriver. Les voyageurs sont fourbus. La côte chypriote est encore très éloignée. Ils ont emporté des vivres, mais les efforts demandés pour supporter ce voyage éprouvant sont surhumains.

Au milieu de la journée, le moteur du bateau faiblit avant de s'arrêter définitivement. Mais un miracle se produit. Le vent les pousse, les hommes n'ont plus qu'à accompagner le cargo dans la bonne direction avec les rames de secours. Un paquebot s'approche d'eux. Le capitaine leur crie qu'il est complet, qu'il ne peut pas les recueillir. Mais il leur propose d'attacher à leur navire le cordage qu'il leur envoie. Les hommes s'exécutent. Le visage des voyageurs rayonne. L'attache est suffisamment lâche pour ne pas les mettre en danger. Leur cargo glisse maintenant sur l'eau à une vitesse régulière. L'île est en vue, les voyageurs exultent. Ils s'embrassent, comme si l'épreuve qu'ils venaient de vivre effaçait la douleur d'avoir quitté leur patrie. Hana serre fort la bourse qu'elle a cachée sous ses habits. Elle sait que c'est son contenu qui lui permettra de rejoindre la France. Durant la traversée, elle a bien réfléchi. C'est la destination qu'auraient voulue ses parents. Elle a l'impression de connaître ce pays autant que le sien. Elle a tellement étudié le planisphère accroché dans le salon qu'elle sait le chemin par cœur. Lorsque le port est en vue, une femme lui demande ce qu'elle va faire, maintenant. Elle ment en disant qu'une tante réside sur l'île. Hana, malgré ses treize ans, veut se débrouiller seule.

Alors, dès qu'elle remet le pied sur la terre ferme, elle court. « Cours, Hana !, cours. » Le conseil donné par son père ne la quitte pas. Elle est pourtant dans un pays en paix. A priori, elle n'est plus en danger. Mais elle court encore. Elle cherche un bateau qui veuille bien l'emmener sur la Crète. Elle se rend à la capitainerie. On lui indique un navire qui va partir d'ici une demi-heure. Elle court de nouveau. Elle s'adresse au capitaine en train de faire monter les passagers. Il lui dit qu'il n'a plus de place. Alors, elle lui montre son argent. Il accepte quelques billets et Hana embarque, étant entendu qu'elle dormira dans la cale sur un lit improvisé. Après ce qu'elle vient de vivre, la proposition du capitaine la ravit. Elle monte très vite les escaliers qui conduisent au pont du paquebot. Elle sait que les épreuves à venir seront moins dures. Elle se réfugie à la poupe du navire et laisse couler les larmes qui lui restent encore.

Elle se dit que dorénavant, elle ne pleurera plus. Elle doit vivre, car c'est le message que ses parents n'ont cessé de lui envoyer ces derniers mois. Elle comprend maintenant le sens de certaines phrases qui commençaient par « s'il devait arriver quelque chose », « au cas où... ».

Hana a perdu son innocence.

Chapitre 6
Une famille en or

Hana est en Grèce, sur l'île de Crète. Une force intérieure la guide vers le but qu'elle s'est fixé : la France. Elle est harassée, mais sa condition physique exceptionnelle lui permet de trouver la force de produire les efforts nécessaires. Dès qu'elle perçoit un danger potentiel, elle court. Elle sait qu'elle peut courir très longtemps sans s'arrêter, ce qui n'est pas donné au commun des mortels. Elle est en permanence sur le qui-vive. Elle ne veut pas perdre le trésor amassé par son père. Elle comprend pourquoi ce dernier lui avait parlé d'*Un sac de billes*, le roman de Joseph Joffo, qui raconte le périple accompli avec son frère dans la France en guerre. Elle savait qui étaient les passeurs, qui permettaient de franchir la ligne de démarcation. Aujourd'hui, Hana est Joseph. Elle doit tout faire pour s'en sortir.

Elle paie un automobiliste pour qu'il l'emmène à Héraklion. Elle veut prendre l'avion pour se rendre en France. Hana sait pourtant qu'elle ne pourra pas embarquer seule. On ne laissera jamais une enfant s'envoler sans la protection d'adultes. Hana se heurte à la barrière de la langue. Mais un aéroport est l'endroit rêvé pour trouver des étrangers. Elle se tient à l'entrée du hall d'embarquement et écoute parler les voyageurs prêts au départ. À sa grande surprise, les Français sont nombreux. Elle doit maintenant s'expliquer et convaincre l'un d'entre eux de la couvrir en la faisant passer pour son enfant. Mais les passagers ne l'écoutent pas, ils la prennent pour une mendiante alors qu'elle a soigné son apparence depuis qu'elle a posé le pied sur le sol crétois. Hana s'interroge. Elle décide de s'intéresser aux Français qui viennent d'atterrir, mais ils ne traînent pas. La plupart ont loué une voiture et quittent rapidement les lieux.

Hana reste dans l'aéroport. Elle veut y passer la nuit, mais un policier l'a repérée. Elle doit partir au plus vite sinon il va l'interpeller. Elle ne va pas très loin. Elle devine une cache possible derrière un tas de cailloux sur un coin du parking.

Elle s'y installe en se couvrant bien dès la nuit tombée. Elle se réveille en sursaut lorsqu'elle sent qu'on la touche : un vagabond ivre cherche à lui dérober son argent. Hana, terrorisée, crie, mais l'homme s'acharne car il a palpé la bourse sous le pull de la jeune fille. Hana se débat. Sa grande vivacité lui permet de se défaire de son adversaire, elle se sauve en courant.

Le lendemain, elle attend de nouveau les voyageurs à la sortie de l'aéroport. Dès qu'elle aperçoit le même policier que la veille, elle s'enfuit. Elle comprend qu'elle ne peut pas rester une journée supplémentaire ici. Elle se rend alors sur le parking des voitures de location et tente discrètement d'ouvrir les portières. L'un des véhicules n'est pas verrouillé. Elle se cache dans le coffre et attend qu'un touriste l'emmène quelque part. Moins d'une demi-heure plus tard, les portes du véhicule s'ouvrent. Elle perçoit les voix d'un couple et d'un enfant. Ils parlent français ! Ils posent leurs bagages sur le siège arrière. Elle ne risque rien. Hana est tiraillée entre la peur et le soulagement. Quelle sera leur réaction lorsqu'ils la verront ? La voiture roule à vive allure, sans doute sur la route qui traverse l'île d'est en ouest et dont elle a entendu parler dans le parking. Mal à l'aise, Hana bouge beaucoup.

La voiture freine brusquement. Le conducteur sort du véhicule et ouvre le coffre. Il pousse un cri d'effroi en découvrant Hana qui s'étire en sortant du véhicule. Elle dit qu'elle est seule au monde, elle fait tout pour qu'il s'apitoie sur son sort. L'épouse sort à son tour, suivie de leur enfant qui, étrangement, a la même silhouette qu'Hana, les mêmes cheveux bruns. Hana a préparé son discours, qu'elle poursuit devant la famille. Elle leur dit qu'elle veut rejoindre la France. Le couple se concerte, Hana échange avec leur fille dont elle apprend le prénom : Anna ! La coïncidence les fait rire, les parents regardent les deux filles un temps puis décident d'emmener Hana avec eux. Ils arrivent rapidement dans l'appartement qu'ils ont loué. À l'accueil, on leur dit qu'ils avaient annoncé un enfant, pas deux, mais la mère élude le problème en disant qu'ils vont se débrouiller pour faire dormir tout le monde.

Hana apprend que cette famille milite en France dans des associations de protection de l'enfance. Elle a eu une chance inouïe de tomber sur elle. Elle voit bien que son sort les émeut. Ils sont ici pour un séjour de quelques jours avec des amis qui vont les rejoindre. Hana les supplie de l'emmener avec eux. Elle leur montre l'argent dont elle dispose. Son père avait même des euros dans la grosse liasse qu'il portait sur lui. Ils l'écoutent et comprennent sa demande mais ne voient pas comment l'aider. C'est la mère, finalement, plus sensible encore que son mari au sort d'Hana, qui va proposer une solution :

— On doit repartir plus tôt que nos amis. S'ils peuvent rentrer avec notre fille quelques jours après nous, on n'a qu'à prendre Hana.

— Il y a des contrôles à l'aéroport, les papiers... réplique son mari.

— Téléphone à...

Pendant une heure, le père d'Anna appelle plusieurs personnes dont elle devine qu'elles occupent des postes importants. Cette attitude lui fait immédiatement penser à son propre père, diplomate, qui contactait sans cesse des gens au téléphone pour résoudre des problèmes dont elle ne comprenait rien. Le couple chuchote dans un coin de l'appartement. Finalement, il revient victorieux devant les deux filles :

— On atterrit ensemble à Lyon dans quatre jours, à la fin de notre séjour. Tu as de la chance, Hana, l'avion n'est pas plein. À Lyon, une association qui s'est mise en quatre pour te sortir d'embarras t'accueillera à l'aéroport.

Hana se jette dans les bras du père, gêné par

de telles effusions. Elle entrevoit le bout de son périple.

Durant le vol, Hana réfléchit : elle ne veut pas qu'on la recueille. Son père avait évoqué une association française censée s'occuper d'enfants et qui s'était retrouvée convaincue de maltraitance. Elle a peur. À la descente de l'avion, elle passe sous les portiques tout en poursuivant sa réflexion. Les papiers provisoires que le père d'Anna lui a permis d'obtenir par Internet sont scrutés avec attention par le contrôleur. Hana regarde par terre. Soudain, sans un regard pour la famille qui lui a permis de fouler le sol français, elle s'enfuit sans jamais se retourner. Hana court pendant une heure sans s'arrêter.

Elle est libre dans un pays dont elle comprend la langue. Libre mais sans attaches. Sans toit.

Chapitre 7
Agression dans un squat

Hana erre dans les rues de Lyon. Le premier soir, elle se réfugie dans un squat qu'elle a repéré en plein jour. Elle se tient à distance des trois hommes qui occupent ce local désaffecté. Alors qu'elle commence à trouver le sommeil, elle sent une main qui la caresse. Elle hurle. L'homme la maintient au sol. Il tente de lui imposer le silence et d'abuser d'elle. Hana essaie de se défendre mais il est le plus fort. Elle se débat et réussit à le mordre à pleines dents. Il s'écarte une seconde, le temps pour Hana de se défaire de son emprise. Elle se relève pendant que son agresseur se tord de douleur puis s'échappe à grandes enjambées. Hana court. Elle court encore sans jamais regarder derrière elle.

Le lendemain, elle rencontre l'homme de la rue qui la signalera à Claire Chauvin.

Chapitre 8
Une tentative d'intimidation

M. et Mme Guillemaut avertissent Hana qu'un homme se présentant comme l'ambassadeur de Syrie en France l'a appelée au téléphone. Il veut la rencontrer à Lyon. Fille de diplomate, Hana n'a pas besoin qu'on lui explique la fonction de ce monsieur. Elle devine le message qu'il veut lui faire passer.

Accompagnée de son agent, elle se présente au rendez-vous fixé dans le salon d'un grand hôtel.

— Je m'appelle Elias el-Atassi, je suis l'ambassadeur de notre pays ici, en France, annonce-t-il fièrement. Dans quelques semaines, tu auras dix-huit ans, Hana. La France te proposera sans doute de devenir française car tu es une footballeuse d'exception. La meilleure de Syrie. Pour notre pays, tu représentes beaucoup. Je sais que tu as perdu tes parents, ils ont été enterrés dans le cimetière chrétien de Damas. J'ai personnellement veillé à ce que leur sépulture soit digne...

Hana, qui s'était pourtant promis de ne plus pleurer, se met à sangloter devant l'ambassadeur.

— Ne sois pas triste, Hana. J'ai bien connu ton papa. Je l'ai rencontré souvent à Paris. Il aimait tellement cette ville, la France... Un jour, nous avons marché sur les pas de Victor Hugo dans Paris et sa banlieue. Nous avons visité les lieux qui lui sont rattachés. Notre-Dame, Montfermeil, l'Assemblée nationale, sa maison... Ton papa, c'était un érudit.

Hana se rend compte qu'il dit vrai. Son père lui avait parlé de cette escapade.

— Ton papa n'en aimait pas moins la Syrie. C'est pour cette raison qu'il travaillait dans la diplomatie. On ne peut pas faire ce travail sans avoir sa patrie dans le sang.

L'ambassadeur fait une pause avant de reprendre.

— Il ne comprendrait pas que tu choisisses la France, lui dit el-Atassi en la regardant droit dans les yeux. Il faut honorer sa mémoire en jouant pour le pays qui a vu naître ta famille.

Hana tressaille. Elle trouve toutefois la force de lui demander :

— Pourquoi alors n'était-il pas protégé par le régime ? Il ne travaillait plus depuis des semaines lorsque...

— Je sais, Hana. C'est difficile à comprendre. Vous appartenez à la communauté chrétienne, très minoritaire. Ses représentants se sont opposés à notre président. Alors, tu vois, le régime a dû se séparer des chrétiens, qui se retournaient contre lui... Ton père a été écarté provisoirement. Malheureusement, le quartier a été bombardé...

Les images de guerre remontent à la mémoire d'Hana. Elles ne l'ont jamais vraiment quittée, mais l'ambassadeur vient de raviver des souvenirs terribles, comme si elle était en train de les revivre.

À cet instant, Alain Mercadier, resté en retrait jusqu'alors, vient au secours de la jeune fille.

—Vous essayez de jouer sur la corde sensible, monsieur l'ambassadeur. Mais Hana a perdu ses parents, et votre dictateur ne les a pas protégés en les mettant à l'abri. Le père d'Hana aimait la France parce qu'elle est une terre de démocratie. Victor Hugo symbolise le combat des faibles contre les puissants. Il a toujours lutté contre les despotes, défendu le peuple. On ne peut pas aimer en même temps Victor Hugo et un dictateur qui détruit son peuple. Votre régime a abandonné le père d'Hana parce que ce dernier ne le soutenait plus. Si Hana est ici, c'est à cause de vous. Elle devrait être dans son pays, à défendre ses couleurs. Mais comment jouer pour un pays qui tue ses enfants pour des raisons politiques ? Hana a fui la Syrie en guerre, croyez-vous qu'elle va maintenant pardonner à son pays de lui avoir enlevé sa famille ?

Les paroles de Mercadier opèrent un déclic chez Hana. Elle se rend compte qu'il vient d'exprimer ce qu'elle ressent mais qu'elle aurait elle-même été incapable de traduire en mots.

— Mais ses parents sont syriens. Elle ne peut pas l'oublier, dit l'ambassadeur à bout d'arguments.

Mercadier clôt l'entretien. Il dit qu'Hana choisira en son âme et conscience et qu'elle lui communiquera sa décision lorsqu'elle l'aura prise.

Chapitre 9
Naissance d'une star

Hana est devenue une star internationale depuis qu'elle a remporté la Ligue des champions avec l'Olympique Lyonnais. Rentrée en seconde mi-temps pour remplacer Samer, son aînée de dix ans, elle a immédiatement montré le chemin à son équipe en multipliant les chevauchées folles qui ont donné le tournis à l'adversaire. Au terme de l'une d'elles, elle a inscrit un but exceptionnel qui passe en boucle sur Internet. Partie à la limite du hors-jeu, elle a pris de vitesse la défense du Bayern de Munich et, seule face à la gardienne allemande, elle a glissé le ballon d'une pichenette entre ses jambes. Le stade entier s'est levé pour saluer l'exploit. Des voix entonnent Hanabappé pour souligner les affinités sportives entre les deux champions. Hana ne boude pas son plaisir mais elle préférerait qu'on la compare à une championne, la référence permanente au football masculin l'agace. Elle aimerait bien inverser les termes de la comparaison et que les femmes soient aussi le modèle des hommes. Dans son premier grand entretien à *France Football*, elle déclare vouloir devenir cette première référence féminine. Le sourire du journaliste accueillant cette phrase en dit long sur le machisme persistant. L'intervieweur a décelé chez elle un propos naïf, mais Hana est convaincue pour sa part que les mentalités évolueront beaucoup plus rapidement qu'on ne pouvait l'imaginer quelques années auparavant.

Dix minutes avant la fin de la partie, Hana voit son ailière gauche déborder. Elle va centrer pour Hana, qui se place à l'entrée de la surface de réparation et effectue un exploit : une reprise de volée qui va se ficher dans la lucarne de la gardienne qui n'a même pas esquissé un geste. Le stade est debout et scande son surnom pendant deux minutes sans discontinuer.

À la fin du match, ses coéquipières, toutes plus âgées qu'elle, la congratulent. Son entraîneur déclare qu'« une star est née », l'homologue allemande de celui-ci dit que « perdre devant la meilleure joueuse du monde » est un honneur.

Depuis des semaines que ce match a eu lieu, Hana enchaîne les entretiens avec les médias du monde entier. Avec elle, le football féminin grandit, les clubs qui concentraient leurs investissements sur leur équipe masculine prennent conscience de l'aura nouvelle dont jouit désormais le football féminin, d'autant plus qu'aux États-Unis ce dernier est plus populaire que le soccer masculin.

Ce qui surprend le plus l'entourage de la jeune fille, c'est sa maturité. Elle ne se laisse pas emporter par l'ivresse de son succès. Elle doit refuser des sollicitations nouvelles qui arrivent chaque jour. Elle signe quelques contrats publicitaires, aidée par son agent qui lui conseille de ne pas associer son nom à n'importe quelle marque. Il lui dit qu'elle a une image positive, celle d'une fille qui a la tête sur les épaules, elle doit donc faire attention à chacun de ses mots, au choix des causes qu'elle veut défendre. Car, la prévient-il, elle sera bientôt la porte-parole de sa génération mais aussi de tout le football féminin dont elle est la première star mondiale, comme l'a été en son temps le Brésilien Pelé pour les hommes.

Mais Hana ne se laisse pas griser. Serait-ce le cas qu'immédiatement des images dans sa tête viendraient lui rappeler d'où elle vient.

Jusqu'au jour où c'est le président de la République française en personne qui l'appelle au téléphone :

— Hana, vous allez bientôt devoir choisir pour quelle équipe nationale vous voulez jouer. D'un point de vue sportif, vous savez que si vous optez pour la France, vous avez la possibilité de participer à la Coupe du monde dans quelques mois. Mais personnellement, ce qui m'intéresse, c'est que vous deveniez française. Ce serait un honneur pour la France d'être choisie par une championne telle que vous. Et puis je n'oublie pas votre papa, un ami de la France...

Hana n'a que faire des considérations politiques de l'ambassadeur syrien ni de celles du président français.

Elle veut écouter son cœur. C'est lui qui lui dictera son choix.

Chapitre 10
Le casse-tête de Mercadier

Alain Mercadier a tapé « Hana Hayat » dans un moteur de recherche comme il le fait souvent depuis qu'il est devenu son agent. Le nombre de pages consacrées à sa protégée a considérablement augmenté. Mais aujourd'hui, il a décidé d'aller jusqu'à la dernière page, car son travail consiste aussi à surveiller tout ce que l'on dit d'Hana dans l'espace public. Dès qu'une joueuse connaît le succès, les fake news pullulent, et il faut tenter de minimiser la portée des informations erronées. Les supprimer s'avère impossible, Mercadier doit donc démentir celles qui abîment l'image d'Hana dans les médias traditionnels. Il s'est attaché la collaboration d'un professionnel du numérique pour contrer les informations qu'ils jugent gênantes. Ce dernier repère les militants de groupes racistes haineux contre les migrants qui arrivent en France. Hana est pour eux un symbole qu'ils dénigrent sans cesse en écrivant des insanités sur elle.

Mercadier est en train de terminer ses recherches dans son bureau lorsqu'on frappe à sa porte. Un inconnu se présente devant lui.

— Bonjour, monsieur Mercadier. Vous ne savez pas qui je suis, mais moi je vous cherche depuis un moment. Je ne suis pas très compétent en sport, mais on m'a dit que c'est vous qui vous vous occupez d'Hana Hayat, c'est bien ça ?

— Je suis son agent. Mais vous, qui êtes-vous ?

— Excusez-moi, j'aurais dû me présenter. Je m'appelle Pierre Pothier. Voilà, comment vous dire ? Je vous apporte quelque chose d'important. J'ai entendu parler du problème du choix de sa nationalité pour Hana. Je vous rappelle que je n'y connais rien en football, je suis cela de très loin, mais vous comprenez, Hana Hayat...

— Mais enfin, venez-en au fait ! s'énerve Mercadier. Qu'y a-t-il ?

— Voilà, reprend Pothier. Je travaillais à l'ambassade de Syrie à Paris, il y a quelques années. Un rôle subalterne... J'étais un peu l'homme à tout faire pour l'entretien des lieux. Enfin, un jour, M. Hayat est venu vers moi. Il m'a dit qu'il me faisait confiance parce que, à plusieurs reprises, il m'avait demandé de lui acheter des choses en cachette et que je savais garder un secret. Il me posait souvent des questions sur notre pays. Il ne fallait pas que les gens de l'ambassade soient au courant de la nature de nos conversations. Il prévoyait de venir s'installer incognito en France avec sa famille, j'en suis certain, même s'il ne me l'a jamais dit ouvertement. J'ai changé beaucoup d'argent en euros pour lui, plus que ce dont il avait besoin pour ses voyages à Paris. Et puis un jour, il m'a remis cet enregistrement vidéo. Il m'a fait promettre de ne le regarder que s'il était certain que quelque chose de grave lui était arrivé. Alors, quand j'ai eu connaissance de la vie tourmentée d'Hana, j'ai regardé. Cette vidéo s'adresse à sa fille, mais franchement, ça me fend le cœur de la lui remettre comme ça. Je me suis dit que, vous qui la connaissez bien, vous étiez plus à même de le faire.

— Elle contient quoi, au juste, cette vidéo ?

— Regardez vous-même, je ne peux pas vous raconter, répondit Pothier.

L'homme parti, l'agent ne perd pas une minute. Il découvre un paysage en guerre avec un adulte qui s'adresse directement à Hana. Ce dernier parle posément. Ses mots font légèrement bouger sa moustache soignée. Deux rides naissantes traversent son front surmonté d'une chevelure grisonnante. Son regard chaleureux tempère la gravité de son discours. Le message dure trois minutes, mais Mercadier reste interdit devant ce qu'il vient de voir et d'entendre. Il réfléchit quelques instants, se demande comment il va annoncer la nouvelle à Hana. Comment va-t-elle réagir ? Faut-il lui cacher l'existence de ces images ? Même si Pothier lui inspire confiance, rien ne dit que d'autres copies ne sont pas en circulation. Le père d'Hana lui-même en avait peut-être distribué à d'autres personnes de confiance. De toute façon, impossible de ne pas les montrer à Hana.

Alain Mercadier sait qu'à l'issue du visionnage la vie d'Hana ne sera plus la même. C'est son destin de footballeuse mais aussi de femme qui est en jeu.

Chapitre 11
Des parents pour la vie

Alain Mercadier hésite beaucoup. Il veut, dans un premier temps, regarder avec Hana les images qui risquent de la bouleverser. Mais il doute. Par téléphone, il a averti sa protégée qu'il devait lui montrer quelque chose de toute urgence. Il a contacté Claire Chauvin et les éducateurs de Lamennais, dont Hana lui a toujours dit le plus grand bien. Tous sont tombés d'accord : Hana doit découvrir la vidéo seule. Ils se tiendront dans une pièce voisine au cas où sa réaction exigerait une présence réconfortante pour l'aider à supporter le choc violent qu'elle risque de subir. C'est donc dans les locaux de Lamennais que l'événement a lieu. Le retour de la joueuse, qui est maintenant une star, a été caché aux résidents, car l'heure est grave. Pas question de signer des autographes. Ce n'est pas le moment.

Hana, accueillie par Claire Chauvin, s'installe dans la salle télé. L'assistante sociale lui explique qu'elle va vivre un événement important, c'est pour cette raison qu'elle est ici. Elle dit qu'Hana et elle ont noué une relation de confiance à son arrivée en France. Elle est encore là pour elle ce jour, pour l'aider à passer cet instant très particulier en compagnie de son agent et des éducateurs qu'elle connaît. Elle ajoute qu'ils ont collectivement choisi de la laisser seule, car elle va vivre un moment intime qui lui appartient, mais qu'elle peut les appeler si elle le souhaite.

Puis elle quitte les lieux, ne laissant qu'une veilleuse allumée dans la pièce. L'image arrive sur l'écran. Son père et sa mère apparaissent dans leur quartier chrétien de Damas, qu'elle reconnaît sans peine. Les bombes ne l'ont pas encore détruit.

« Bonjour, notre Hana chérie,

Si tu vois ces images, c'est sans doute que nous ne sommes plus de ce monde. Nous avons réalisé cette vidéo pour toi, Hana. Pour que tu poursuives ta vie si jamais la nôtre a touché à son terme. Papa et maman te demandent de vivre, Hana. Quelles que soient les circonstances, vis. C'est essentiel. Et si la vie est devenue impossible comme je le crains dans notre pays, fuis-le. Va en France, tu en parles déjà la langue, et je t'ai donné beaucoup de renseignements sur ce pays que j'aime. Sur moi, je porte toujours beaucoup d'argent sous ma chemise, en particulier des euros que je rapporte de mes voyages en France. Si tu me trouves allongé sur le sol comme dans nos jeux lorsque tu étais petite, prends l'argent et sauve-toi. Il y a des passeurs, Hana, que tu peux payer. Sois prudente. Et lorsque tu es en danger, Cours, Hana !, cours, car tu as une résistance exceptionnelle. Tu peux courir plus longtemps que la plupart des gens et bien plus vite qu'eux.

« Ne reviens pas en Syrie tant que le dictateur est en place. Il est encore plus dur que son père, et c'est à cause de lui que j'ai perdu mon emploi. Nous te l'avons caché, mais cela fait longtemps que je ne travaille plus pour lui. Parfois, je te faisais croire que je partais en voyage mais en réalité, je n'étais jamais bien loin. Ce dictateur nous veut du mal, Hana. Ne fais rien pour lui. Tant qu'il est en place, tiens-toi éloignée de la Syrie. C'est notre pays, ma chère Hana, celui de notre famille, de nos aïeux, mais ne le sers pas, ne travaille pas pour quelqu'un qui massacre son peuple. La France t'accueillera, j'en suis persuadé, et si tu dois passer ta vie en Europe, fais-le. Préfère la paix à la guerre. Mais n'oublie jamais d'où tu viens. Un jour, sans doute, notre pays retrouvera la paix. Je crains que cela mette beaucoup de temps. Tu dois vivre en sécurité. Et dis-toi que ce sera aussi pour toi une façon de nous faire vivre dans ton esprit, ta maman et moi. Tu nous parleras parfois, je le sais. Je t'aime, Hana, écoute le message de maman maintenant. »

Le visage radieux de la mère d'Hana apparaît, les mots doux et réconfortants sortent de sa bouche, comme si elle était présente dans la pièce. Elle évoque quelques souvenirs mais parle surtout de l'avenir en disant qu'elle a confiance en sa fille.

« Hana, où que tu sois, pense que nous ne sommes jamais loin, conclut-elle. Suis les recommandations de papa, nous t'aimons plus que tout », dit-elle avec un sanglot dans la voix, avant que la vidéo ne s'arrête brusquement.

Depuis la pièce attenante, Claire, les éducateurs et Mercadier s'attendent à entendre des cris de douleur. Mais c'est le silence qui domine.

L’assistance sociale ouvre délicatement la porte de la salle télé. Elle voit Hana, les yeux grands ouverts fixés sur l’écran noir, figée et imperméable aux bruits qui l’entourent.

Chapitre 12
Le messager

Hana est dans son lit. Elle sait qu'elle ne fermera pas l'œil cette nuit. Les images de sa vie défilent en boucle dans sa tête depuis qu'elle a vu la vidéo. L'une d'elles revient sans cesse, celle de l'échassier. Lorsqu'elle a découvert ses parents morts, il était là, près d'eux, comme s'il les veillait. Hana pense qu'il s'agissait d'un héron cendré, avec son bec orange, mais elle n'en est pas certaine. Peu importe. Elle a retrouvé ensuite l'oiseau dans le sillage de l'embarcation précaire qui l'éloignait de son pays. Il s'est même posé près d'elle un instant, maladroit, sur un plancher instable. Il l'a regardée avec son œil vif, et Hana a senti qu'un lien indestructible l'unirait pour toujours à l'oiseau. « Je veillerai le corps de tes parents », c'est le message qu'il lui a transmis.

Lorsqu'il s'est envolé, Hana l'a suivi des yeux alors qu'il regagnait la terre ferme pour accomplir sa mission. L'échassier la relie à ses parents pour la vie. Tous les échassiers la relient à ses parents pour la vie entière.

Chapitre 13
Poing levé pour l'éternité

Stade de Wembley.

La finale de la Coupe du monde féminine oppose la France aux États-Unis. L'événement est planétaire : tous les spécialistes annoncent un record d'audience dans le monde entier. Plus de téléspectateurs encore que lors de la dernière finale masculine, qui avait déjà battu le record précédent. Hana Hayat a pris une dimension digne des stars masculines du ballon rond. On ne l'appelle plus Hanabappé ; on a même pu lire sous la plume de journalistes avant-gardistes Kilianayat pour désigner l'attaquant français. Le football féminin dépasse le masculin. Un nouveau public très familial se déplace dans les stades où l'ambiance, apaisée, rassure les autorités.

La rencontre oppose les deux meilleures formations mondiales, mais la presse annonce déjà une victoire française avec « le phénomène Hayat », qui n'a pas d'équivalent dans l'équipe adverse. Elle détient la clé de la rencontre, selon tous les spécialistes.

Au moment des hymnes, Hana chante *La Marseillaise* à pleins poumons. Elle a obtenu la double nationalité et a opté pour la sélection tricolore. Une évidence après le visionnage de la vidéo, qui s'est retrouvée sur Internet on ne sait comment et qui a battu le record du nombre de vues dans le monde. L'émotion est à son comble lorsqu'elle chante. La caméra qui va de joueuse en joueuse s'arrête longtemps sur elle, mais Hana reste impassible, elle a appris à maîtriser ses émotions. Une caméra mobile suit chacun de ses gestes avant le début de la rencontre. Hana ne lui adresse aucun signe particulier, elle se concentre sur son échauffement.

Dans les tribunes, elle a invité toutes les personnes qui l'ont accueillie en France. Elle avait demandé trente places qu'elle a obtenues aisément. Elle a retrouvé la famille qui lui a permis de prendre l'avion en Crète, présente aux côtés de Claire Chauvin. On peut reconnaître dans le coin des VIP des éducateurs de Lamennais. Oumar ne cesse de parler avec l'ancien SDF Gérard, qu'Hana a réussi à sortir de sa situation en faisant jouer ses relations. Plus loin, Talal n'a d'yeux que pour la championne qui a remué ciel et terre pour le retrouver. Devant le manque d'empressement des autorités, elle a menacé de ne plus accepter la sélection en équipe de France si on n'accédait pas à sa requête. Talal a été localisé dans un camp de réfugiés en Italie et exfiltré pour satisfaire aux exigences de son amie d'enfance.

À la soixantième minute de jeu, Hana part dans une série de dribbles dont elle maîtrise parfaitement l'enchaînement, pousse le ballon dans l'espace vide devant elle, prend toute la défense américaine de vitesse et se retrouve seule face à la gardienne adverse. Elle relève la tête et, au lieu de piquer son ballon au-dessus de la dernière joueuse en face d'elle comme elle le fait d'ordinaire, elle décoche un tir violent qui vient se ficher dans la lucarne droite.

Le stade explose de joie. Hana regarde le ciel. Elle aperçoit un oiseau très haut. Elle pense qu'il s'agit d'un échassier. Alors, elle lève le poing en sa direction. Le monde entier imagine qu'elle veut célébrer son but. Seule Hana sait qu'elle destine son geste à l'oiseau qui vole vers la Syrie. Vers ses parents.

Du même auteur, chez Oskar éditeur

L'œil de Maracanã

Deux enfants, deux vies réunies autour d'une même passion : le football. Edimo est brésilien et vit dans une favela. Ce fan de Pelé côtoie la misère et la violence au quotidien. Eminh est asiatique et vit dans un pays en proie à une dictature féroce. Leur enfance respective est marquée par la souffrance et l'injustice. Et si le football venait à leur secours et modifiait le cours de leur destin ?

Les Sans-Papys

William et son papy adorent faire de longues balades en vélo ensemble. Mais un jour Papy disparaît. Alors que les grands ne savent pas comment lui annoncer « la chose », c'est William qui va les aider à trouver les mots justes. Mieux : il va tenir la promesse faite à son papy et montrer à tous qu'un bonheur inattendu peut succéder à un malheur…

Tous les matins, je regarde passer les filles

Au collège, un mur surmonté d'un vitrage sépare deux adolescents : Marie est dans la cour des « grands », et Clément dans la cour des 6e/5e. Seuls leurs regards se croisent, et Clément ne voit pas que Marie n'est pas une jeune fille comme les autres, elle est handicapée moteur. Et pourtant, le jeune garçon sait mieux que quiconque ce qu'est la différence : son frère, Florent, est trisomique.

Les taches brunes

Ils ont 16 ans, ils sont beaux, une intelligence très largement au-dessus de la moyenne. Ils, ce sont les Meilleurs.

C'est ainsi que les appellent leurs professeurs. Ils vivent sur le Nouveau Monde, une île idyllique et inconnue du reste du monde. Ils font l'amour librement tout en suivant une formation originale. Ils vivent là depuis qu'ils sont petits. Ils sont nés sur l'Ancien monde où leurs parents les attendent. Sélectionnés par leurs professeurs sur l'Ancien monde, ils sont en formation depuis leur arrivée sur l'île.

Le meilleur des dictateurs

Dans un avenir relativement proche, les écrans de télévision prennent une place de plus en plus importante dans la vie quotidienne des gens. Le Meilleur des dictateurs, nouvelle émission de télé-réalité, suscite l'enthousiasme d'une grande partie de la population : quatre jeunes doivent se mettre, le temps d'une semaine, dans la peau d'un dictateur du XXe siècle choisi par le sort...

Sélection de titres publiés chez Oskar Éditeur
Pour plus d'informations, consultez notre site : www.oskareditions.com

Christophe Léon

La décision

Surdoué du football, Zaïm, jeune orphelin syrien, est repéré dans un camp de réfugiés. Envoyé dans le centre d'entraînement d'un grand club à Stuttgart, il s'entraîne pour être le meilleur. Le garçon est promis à une grande carrière sportive et il est prêt à tout pour y arriver. Mais pour cela, Zaïm va devoir prendre une décision qui pourrait bouleverser toute sa vie…

Marc Cantin et Isabel

L'enfant du trottoir d'en face

Il s'appelle Jaime, il a dix ans et reste assis des heures devant chez lui. En face habite le Français, gringo venu de très loin, si intrigant dans ce quartier populaire de Bogotá. Alors tous deux s'observent, l'étranger au visage pâle et le gamin dégourdi. Ils s'apprivoisent. Dans une Colombie hantée par les guérilleros plus ou moins repentis, chacun va faire connaître un peu de son monde à l'autre.

Véronique Petit

Une voix en « Nord »

À 8 ans, Marco ne sait toujours pas lire, au grand désespoir de son maître, qui est sûr qu'il fait un blocage. En fait, Marco a son monde bien à lui : plutôt que de lire et grandir, il préfère chanter, comme sa maman, et il chante très bien. D'ailleurs, son maître le lui a dit : Marco a « une voix en nord » ! C'est pourquoi il décide un jour de participer à l'émission de télé « Graine d'étoile ». Mais pour aller au bout de ses rêves, il faut d'abord savoir grandir...

Éric Simard

Trop fort, Tony !

Un homme offre à Tony un produit dopant qui lui fait marquer des buts incroyables. Tony devient la star de son club. Mais il n'avait pas prévu ce qui pouvait se passer ensuite.

Cinq heures pour le sauver !

Depuis qu'il a fui le Tibet occupé par les Chinois, Lodrö rêve de participer à la finale de tir à l'arc des JO de Pékin en 2008 et de remporter la médaille d'or......

Publié par Oskar éditeur
67 rue Saint-Jacques
75005 Paris - France
Tél. : +33 (0)1 47 05 58 92
E–mail : oskar@oskareditions.com
Site Internet : www.oskareditions.com

Auteur : Bruno Paquelier
Graphisme : Marie Rébulard
Direction éditoriale : Françoise Hessel

ISBN : 979-10-214-0735-0
Dépôt légal : mars 2021
Imprimé en Europe
Loi n° 49–956 du 16 juillet 1949 sur
les publications destinées à la jeunesse